SARAI

Y EL SIGNIFICADO DE LO GENIAL

SARAÍ GONZÁLEZ
Y
MONICA BROWN

SCHOLASTIC INC.

ISBN 978-1-338-33055-7

10 9 8 7 6   21 22

Printed in the U.S.A.   40
First Spanish printing 2018

Book design by Carolyn Bull

A Tata, Mamá Rosi y, especialmente, a mi maestra de
tercer grado, la Sra. Pirrone.
—SG

¡Dedico este libro a TODAS las chicas divertidas, valientes y
únicas! Ustedes pueden cambiar el mundo.
—MB

¡Súper!

¡Súper! ÍNDICE

¡Qué rico!

YO, SARAÍ

Cuando me levanto por las mañanas, abro los ojos y me quedo mirando fijamente el cartel que cuelga sobre mi cama. Dice "ERES GENIAL". Lo hice para tener presente que, pase lo que pase, voy a estar bien porque yo, Saraí González, soy genial. O por lo menos intento serlo. Mi hermana Lucía me preguntó una vez qué significaba ser genial y me costó un poco de trabajo explicarle. Genial quiere decir... ¡genial! También significa extraordinaria, maravillosa, increíble, amorosa, familiar y divertida. Así es como quiero ser y como creo que soy.

De grande, me gustaría ser cantante, bailarina,
actriz, repostera, presentadora de televisión y chef.
Ya SOY una mujer de negocios o, más bien, niña de
negocios, ya que solo tengo diez años. Tengo un
negocio de magdalenas y mi habitación es del mismo
color de las magdalenas de fresa y limón que horneé
la semana pasada para la amiga de mi mamá. Usé una
mezcla ya preparada para la masa, pero el glaseado lo
hice yo, y luego decoré las magdalenas con confites y
una cereza. Lo de hacer magdalenas me lo tomo muy
en serio porque es un negocio. Incluso, tengo tarjetas

de presentación que dicen "Dulces de Saraí", con el teléfono de mi papá. Solo las vendo a la gente que conozco. Trato de ganar algún dinero porque en la familia siempre hay alguien necesitado y me gusta ayudar. Durante mucho tiempo, necesitamos ayuda económica y tuvimos que estar mudándonos de un lugar a otro. Ahora nos va bien, pero recuerdo cómo nuestros familiares nos ayudaron, así que tengo dos latas de café que uso de alcancías. Una dice "Familia" y la otra, "Bicicleta", porque también estoy ahorrando

para comprarme una. Quiero que sea de mi color favorito, rosado oscuro, y que tenga flecos en los manubrios y un timbre que suene muy alto.

Así, cuando monte mi bicicleta súper genial cuadra abajo, los vecinos podrán decir "¡Ahí va Saraí González!", al ver pasar volando una estela rosada.

Ser miembro de la familia González es muy importante para mí. Mi familia está compuesta de cinco personas: mi mamá, mi papá, mi hermanita Josie, mi hermanita Lucía y yo, por supuesto. Josie tiene siete años y Lucía, cinco. Mi mamá todavía me dice "mi frijolito", pero ya no soy tan pequeña. ¡Estoy en cuarto grado! Siempre estamos juntos, pase lo que pase. Cuando llegamos a una fiesta, a la iglesia o a donde sea, la gente siempre nos recibe bien.

"¡Prepárense, llegaron los González!", dicen. Al principio, no sabía qué querían decir con eso, pero mi papá me dijo que eso significa que somos divertidos y ruidosos.

Mi mamá, Diana, nació en Perú, en América del Sur. Vino a Estados Unidos cuando era pequeña, con su mamá y su hermana, y trabajó en la agricultura cuando solo tenía catorce años. Mi mamá es muy trabajadora, y yo quiero ser como ella. Aunque su familia no tenía mucho dinero, fue a la universidad y ahora trabaja con computadoras. Dice que mis hermanas y yo podemos llegar a ser cualquier cosa que deseemos, y yo le creo.

Mi papá, Juan Carlos, también es un inmigrante. Llegó aquí cuando era niño y, como mi mamá, fue el primero de su familia en graduarse de la universidad. Es

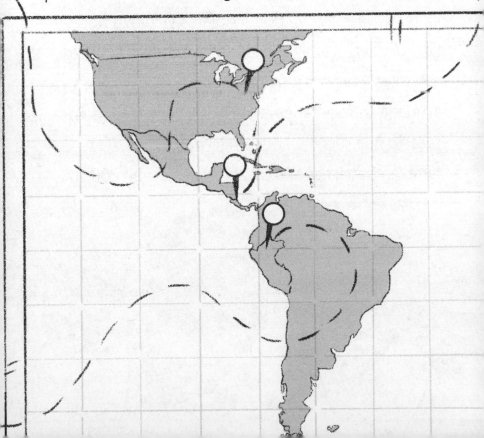

de Costa Rica, en América Central, pero ahora vivimos todos en Nueva Jersey. ¡Nosotros sí somos americanos! Somos del Norte, del Centro y del Sur de América.

Hace unos años, mis papás compraron una casa. Es pequeña, está pintada de blanco y tiene tres habitaciones. Antes vivíamos en apartamentos o con otra gente, como mis abuelos, primos, tías y tíos. Era divertido, pero también me parece fantástico tener mi propia habitación. Pinté las puertas con flores violetas y cultivo flores y vegetales en el alféizar de la ventana: girasoles, coles, guisantes y brócoli. Cuando crezcan, mi papá me va a ayudar a trasplantarlos al jardín. Mi papá trabaja en la casa, lo que suena un poco raro porque mi mamá también trabaja en la casa, solo que va a una oficina los días entre semana.

Durante la semana, los González no siempre podemos estar juntos. Lucía y yo vamos a la misma escuela, pero mi mamá se va a trabajar, mientras que mi papá lleva a Josie a una escuela que queda muy lejos. Josie no oye bien, y va a una escuela con otros niños sordos o con problemas de audición. Le acaban de poner unos implantes en los oídos que la ayudan a escuchar los sonidos. ¡Me parece genial! También está aprendiendo lenguaje de señas, al igual que nosotros. Ya ha aprendido muchísimas palabras como "piscina", "helado" y el nombre de su restaurante de hamburguesas favorito. También sabe decir mi nombre.

¡SA-RAÍ!

SA-RAÍ

SA-RAÍ

La mayoría de la gente pronuncia mi nombre en inglés sin acento: SAR-AI. Y a mí me gusta. Mis abuelos por ambas partes de la familia pronuncian mi nombre a la manera hispana: SA-RAÍ. Es cómico: en inglés, SAR-AI rima con "I", que quiere decir "yo", y en español, SA-RAÍ rima con "¡mí!", lo que me parece genial.

Sa-raí

CAPÍTULO I

¡Qué rico!

LOS PROBLEMAS DE TATA

Siempre que el autobús escolar nos deja a Lucía y a mí frente a nuestra casa en la calle Carmen, Tata nos espera en el portal. Tenemos suerte de que él venga todas las tardes a cuidarnos. Hoy está escuchando música en un radio viejo y hablándole en español a su celular.

—¿Cómo estás, Siri? —le pregunta al teléfono.

—Como pez en el agua —le responde el teléfono.

¿Quién ha oído que un teléfono se sienta como

pez en el agua? Tata me enseñó cómo cambió el idioma del teléfono a español. Resulta que Siri sabe varios idiomas y hasta entiende los chistes.

—¡Tata! —digo—. ¡Desde que tienes celular no te despegas de él!

Mi Tata levanta la vista y sonríe. Adora los aparatos electrónicos. De hecho, se acaba de jubilar de electricista. Cuando era joven, trabajaba como mecánico de helicópteros en la marina. Tata siempre está trasteando radios, cámaras, ventiladores o cualquier otra cosa que caiga en sus manos. Tiene montones de teléfonos y aparatos viejos. Pero el celular es lo que más le gusta.

—¡Hola! —dice Tata—. ¿Cómo están mis nietas preciosas? Entren. Vamos a escuchar un poco de música mientras les caliento algo de comer.

En eso, comienza a sonar otra canción en la radio. Es una de sus favoritas.

—*The Twist*, ¡de Chubby Checker! —dice Tata, levantándose y enseñándonos los pasos de ese baile loco que se llama *twist*.

Intentamos menearnos como él, pero terminamos desternilladas de la risa. A Tata le gusta bailar tanto como a nosotras.

—¡Tata, mírame! —dice Lucía, meneándose de izquierda a derecha.

—Miren esto —digo, y le doy vueltas a la cabeza para que las trenzas parezcan un molinete.

—Niñas, me han dejado agotado —dice Tata finalmente—. ¿Quién tiene hambre?

Cuando Tata viene a cuidarnos, siempre trae comida peruana cocinada por Mamá Rosi, mi abuela. Nadie cocina como ella.

—¡Yo! —grito—. ¿Qué nos preparó Mamá Rosi hoy?

—¡Chaufa! —responde Tata.

—¡Qué rico! —digo.

Es uno de mis platos favoritos. Chaufa es un delicioso arroz frito chino-peruano. Tiene cebollas, vegetales, salsa de soya, aceite y rodajas de salchicha. Tata siempre trae suficiente, como para que sobre. Mamá Rosi me está enseñando a preparar comida peruana.

Algún día quisiera visitar el lugar donde vivía mi

mamá con su familia en Perú. Estoy muy contenta de que muchos de mis familiares vivan ahora aquí, incluyendo a mis tíos. Mi tía y mi tío tienen tres hijos, a los que llamamos "los jotas", porque sus nombres comienzan con "j": Juliana —a quien llamamos JuJu— y los gemelos Javier y Jade.

Los jotas viven con Tata y Mamá Rosi. Creo que todos en nuestra familia hemos vivido en algún momento en la casa grande de mis abuelos. Juju tiene mi misma edad y además de mi prima es mi mejor amiga. No vamos a la misma escuela, pero nos vemos casi todos los fines de semana.

Hoy, mientras Lucía y yo comemos arroz chaufa, Tata recibe una llamada y sale al portal a conversar. Regresa un poco molesto al cabo de un largo rato. Ya hemos terminado de comer. Mi Tata nunca se molesta, ni siquiera cuando armamos reguero, discutimos o rompemos alguno de sus aparatos electrónicos.

—¡Tata! —digo—. ¿Te pasa algo?

—Nada —responde.

El teléfono vuelve a sonar y Tata sale otro largo rato al portal.

Cuando regresa, insisto.

—Sé que pasa algo. ¿Qué es? —pregunto.

—Me han dado una noticia un poco mala.

—¿Qué clase de mala noticia? —grito saltando de la mesa. No me gustan las malas noticias.

—Bueno, tenía esperanzas de que no sucediera, pero ha pasado. Parece que nos tendremos que mudar. El dueño de la casa que hemos alquilado por casi veinte años va a venderla y no creo que podamos comprarla.

—¿Mudarse? —pregunto—. ¡No puede ser! ¡Esa es *su* casa! ¡Han vivido ahí toda la vida!

Adoro la casa de Tata y Mamá Rosi. Cuando Josie tuvo problemas de salud y cuando tuvimos dificultades financieras, pasamos temporadas en casa de mis abuelos. Es como si fuera también mi casa.

—¿Qué va a pasar con los jotas? —pregunto—. ¿Y tía Sofía y tío Miguel? ¿Y tú y Mamá Rosi?

Comienzo a llorar y Lucía también.

—No quiero que se vayan —dice Lucía.

—No lloren —dice Tata y trata de sonreír, sin conseguirlo—. Pueden suceder cosas peores, Saraí. Vamos a encontrar una nueva casa.

—¿Va a ser muy lejos? —pregunta Lucía.

—Espero que no —dice Tata.

—Prométanme que no se van a mudar lejos, Tata —suplico.

—Saraí, es muy pronto para hacer promesas. —dice Tata, y va a la cocina a buscar algo—. ¡Mamá Rosi también hizo alfajores! Vamos a comer algo dulce para olvidar las penas.

—¡Qué rico! —dice Lucía y agarra un alfajor.

Los alfajores son mis dulces favoritos. Son dos galletas redondas rellenas de dulce de leche y espolvoreadas con azúcar. En cuanto las muerdes se desmoronan en la boca. Agarro una. Lucía abre su alfajor y comienza a lamer el dulce.

—Barriga llena, corazón contento —dice Tata.
Pero, ¿cómo puedo tener el corazón contento
sabiendo que mis abuelos tienen que mudarse?

CAPÍTULO 2

EL PODER DE LAS MAGDALENAS

Cuando mi mamá regresa del trabajo, estoy muy preocupada. Ella y Tata hablan durante mucho rato. Tan pronto él se va, me acerco a mi mamá.

—Quiero ayudar a Tata y a Mamá Rosi a quedarse con la casa —le digo—. ¡No quiero que se muden! ¡No es justo! ¿No podemos comprarla?

—Tranquilízate, Saraí —dice mi mamá—. Respira profundo. No podemos comprar la casa.

—Nada es imposible —respondo.

—Eres muy dulce, frijolito —dice mi mamá—.
Pero, con Tata jubilado, la casa es demasiado cara.

—¡No podemos darnos por vencidos! —digo.

Mi mamá se acerca y me abraza.

Lucía no parece estar tan preocupada como yo.

—Sé cómo alegraríamos a todo el mundo.
¡Podríamos irnos este fin de semana a Hawái!

Lucía está obsesionada con Hawái. Siempre habla
de las islas hawaianas, como si pensara que una
mañana vamos a subirnos a la furgoneta y manejar
hasta allá.

—Este fin de semana no —dice mi mamá.

En ese momento, llegan mi papá y Josie.

—Estoy muy cansado para cocinar —dice mi papá.

—Yo también —responde mi mamá—. ¡Salgamos a cenar!

—¡Pero tenemos que resolver el problema de la casa de Tata y Mamá Rosi! —digo.

Les contamos un poco de lo que sucede a mi papá y a Josie.

—Sigamos hablando durante la cena —sugiere mi mamá—. ¿A dónde vamos?

—Yo quiero un *panini* —digo.

—¡Hamburguesas! —dice Josie con señas.

—¡Pollo! —dice Lucía.

Cada una quiere comer una cosa diferente.

—Bueno —dice mi papá—, subamos al rectángulo.

Le decimos rectángulo a nuestra furgoneta porque tiene esa forma.

—¡Yupi! ¿Los cinco? —Josie alza cinco dedos.
Esa es su forma de preguntar si vamos todos juntos.

—¡Los cinco! —responde mi papá con una sonrisa.

Mi papá nos lleva a tres restaurantes diferentes a
comprar lo que cada una quiere comer. Tenemos tanta
hambre que estacionamos detrás del último
restaurante y comemos en nuestro rectángulo.

Me siento bien rodeada de mi familia. Y, mejor aún, se me ha ocurrido una idea para que Tata y Mamá Rosi no se tengan que mudar.

—¡Ya sé! —digo—. ¡Puedo trabajar y ganar dinero para regalarles la casa a Tata y Mamá Rosi!

—Las casas son muy caras —dice mi mamá.

—¿Y si mi negocio creciera?

—¡Puedo ayudarte! —dice Lucía.

—¡Yo también! —dice Josie haciendo una seña.

—¡El poder de las hermanas súper geniales! —grito.

Mis papás nos miran preocupados.

—¡Podemos lograrlo! —digo—. Sé que podemos.

CAPÍTULO 3

¡TAC!

Al día siguiente, cuando regresamos de la escuela, Tata no está esperándonos en el portal. Lo encontramos en la mesa de la cocina, entretenido con una vieja máquina de escribir. El cable de la máquina está conectado a la corriente y hace un zumbido.

—¿Qué es? —pregunta Lucía, mientras pasa los dedos por las teclas de la máquina.

—Es lo que usábamos antes de tener computadoras —dice Tata—. Es una máquina de escribir eléctrica y acabo de arreglarla.

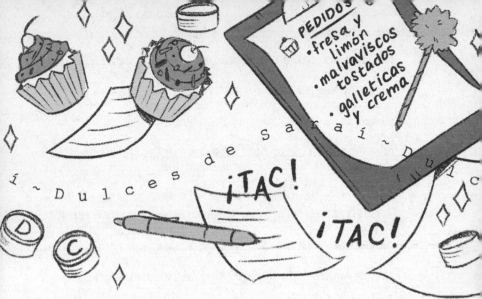

PEDIDOS
• fresa y limón
• malvaviscos tostados
• galleticas y crema

~ Dulces de Saraí ~

¡TAC!

¡TAC!

Mi hermana presiona una tecla y se escucha un chasquido. Lucía retira la mano. La máquina zumba.

—¡Quiero probar! —digo, y presiono una tecla detrás de otra.

¡Tac! ¡Tac! ¡Tac! ¡Tac! ¡Tac!

—Parece que está viva —dice Lucía.

Tata y yo nos echamos a reír.

—Vamos a ponerle papel —dice Tata—. Así podemos probarla. Le acabo de cambiar la tinta.

Tata lo prepara todo y me siento a escribir una oración.

Me llamo Saraí González y soy genial.

Dulces de Saraí = El poder de las
magdalenas

Me encanta el sonido de las teclas golpeando el papel y adoro la tinta azul.

¡iiiiiiiiiiiiiiEsto es súper chévere!!!!!!!!!!!!!!!!

Tengo una idea y sigo tecleando.

¿Tata, vendrías con Lucía y conmigo a
tomar algunos pedidos de magdalenas?

¿¿¿¿¿¿Por favor??????

¿¿¿¿¿¿Por favorcito??????

¿¿¿¿¿¿Por favorzote??????

—¡Basta! —dice Lucía y se tapa los oídos—. Hace mucho ruido. Parece un enjambre de insectos. ¡Bzzzzzzzz!

Saco la hoja de papel y se la alcanzo a Tata.

—Por supuesto que puedo acompañarlas a tomar las órdenes —responde Tata—. Lucía, ¿quieres escribir algo en la máquina antes de irnos?

—No —dice mi hermana—. No quiero.

—Tata —digo—, ¿sabes por qué quiero vender muchas magdalenas?

—¿Por qué, Saraí? ¿Para comprar una bici?

—No —respondo—. Es para comprar tu casa, para que no tengan que mudarse.

—¡Niña mía! —dice—. No tienes que preocuparte por nosotros. Ya se nos ocurrirá algo. Usa tu dinero para comprar una bicicleta.

—Pero queremos ayudar —dice Lucía—. ¡Josie también!

—¿Qué no harán estas chicas en un futuro? Son imparables —dice Tata y niega con la cabeza.

Luego, salimos a tomar los pedidos de magdalenas.

Tata va con nosotras de casa en casa y nos espera mientras tocamos a las puertas.

—¡Hola, Sra. Sánchez! —digo.

La Sra. Sánchez es incluso mayor que Tata, creo, y tiene mucho pelo canoso que recoge en un gran moño encima de la cabeza. Sé que le gustan los dulces porque siempre nos ofrece algunos cuando la vemos en su patio; lo cual es a menudo, porque pasa mucho

tiempo allí. Tiene las flores más lindas de la cuadra. Le cuento sobre las magdalenas y nuestro plan de comprar la casa de Tata y Mamá Rosi.

—¡Dulces de Saraí a la orden! —le digo.

—De Saraí y sus hermanas —me corrige Lucía.

La Sra. Sánchez ordena una docena de magdalenas de fresa y limón.

—No tiene que pagar hasta que le traiga el pedido —digo y me despido con la mano.

Después, visitamos a la familia Washington. Hacen un pedido de dos docenas de magdalenas. Y los García, una pareja de jubilados que vive justo al lado de ellos, piden otra. El Sr. García conoce a Tata de la iglesia, así que sale a saludarlo y conversan sobre carros viejos, canciones antiguas y fútbol, lo que en Estados Unidos llamamos *soccer*. Cuando terminamos de recorrer la cuadra, la hoja de pedidos está casi llena.

—¡Miren! —les enseño a mis papás cuando llegan a casa—. Tengo pedidos para dos docenas de magdalenas con malvaviscos tostados, una docena de magdalenas de galletitas y crema, una docena de fresa y limón y una "magdalena sorpresa" que Tata

pidió e insistió en pagarnos. Como todo el dinero que ganemos es para comprar su casa, acepté.

—Tengo otro par de pedidos del trabajo —dice mi mamá—. Va a ser un sábado muy ocupado. Espero que todas estén listas para trabajar.

—Por supuesto —respondo.

—¡Quiero decorar! —dice Lucía.

—¡El poder de las hermanas! —dice Josie en lenguaje de señas.

—¿Compraremos los ingredientes esta misma noche? —pregunta Lucía.

—Llévanos, papá, por favor —digo, a pesar de que mi papá luce un poco cansado.

—Está bien, Saraí —responde mi padre con su sonrisa de siempre, y agarra las llaves del rectángulo.

Cuando terminamos de descargar las cosas que compramos, me siento muy cansada. Me aseguro de poner una alarma para no despertarme demasiado tarde. Me duermo enseguida y sueño que estoy paseando por un bosque mágico camino a una casa hecha de magdalenas de fresa.

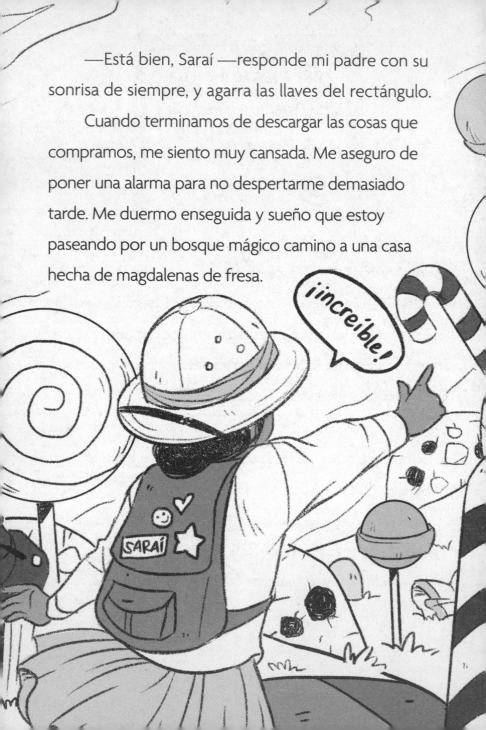

¡increíble!

CAPÍTULO 4

LA GRAN HORNEADA

En cuanto suena la alarma el sábado en la mañana,
salto de la cama y comienzo a preparar la cocina.

—Ni siquiera son las siete aún, Saraí —dice mi papá
saliendo de su habitación, aún en pijama—. Y es sábado.

—¡Mi día favorito! Quiero que sea muy largo.
Tata dice que al que madruga, Dios lo ayuda.

—Uno que madrugó, un dólar se encontró; pero
más madrugó aquel que lo perdió —bromea mi papá.

Mi mamá se levanta poco después y, tras ella, mis
hermanas. Mis papás nos preparan un delicioso desayuno.

—¡Josie, Lucía, a trabajar! —digo en cuanto
terminamos—. ¿Están listas para hornear?

—¡Sí! —asiente Josie.

—¡Por supuesto! —dice Lucía.

Mi mamá nos hace lavar las manos.

—Primero —digo—, hay que preparar la mezcla.

No va a ser muy difícil porque la mezcla que uso
viene preparada. Calculamos las proporciones y pronto
todos estamos trabajando. Lucía y Josie abren las cajas,
papá abre las bolsas y yo echo la mezcla en diferentes
recipientes. Después le añadimos huevos y aceite.

—¡Quiero romper los huevos! —exclama Lucía.

—¡Yo también! —dice Josie con señas.

Les enseño a mis hermanas a romper los huevos con delicadeza contra el borde del recipiente. Parece que les gusta el sonido de la cáscara al partirse porque... ¡PLAF!

Lucía y Josie golpean los huevos demasiado fuerte y salpican la meseta.

—¡Suave! —les digo.

Lo intentan una y otra vez, pero no aprenden. Comienza a gotear huevo desde la meseta.

—Lo que faltaba —me quejo—. Ahora todo está cubierto de esa baba amarilla asquerosa.

—¡Está pegajoso! —dice Josie con señas. Luego pasa un dedo por la meseta.

—¡Cuidado! —advierte Lucía—. Apuesto a que me voy a quedar pegada al piso.

Para comprobar su teoría, pone un pie sobre las salpicaduras.

Josie agarra otro huevo.

—¡Espera! —le digo.

Hago que Lucía se quite los zapatos. Luego, le quito de las manos el huevo a Josie. Rompo el resto de los huevos yo sola.

—¿Qué hacemos ahora? —pregunta Lucía.

—Tengo que sacar los trozos de cáscara que cayeron en la mezcla —digo, molesta.

Después, añado el aceite y dejo que mis hermanas se turnen batiendo la mezcla. Josie y Lucía baten tan rápido que salpican afuera.

—Pensé que avanzaríamos más rápido si trabajábamos todos juntos —le comento a mi mamá mientras limpio el desorden que han hecho mis hermanas—. ¡Estaba equivocada! La meseta de la cocina es un desastre.

—Saraí, ya limpiaremos cuando terminemos —dice mi mamá.

—Buena idea —digo, y me volteo hacia mis hermanas—. Tenemos que decidir el sabor de la "magdalena sorpresa". Vayan pensando.

—¡Chocolate! —dice Josie con señas.

—¡Banana! —dice Lucía.

—Esos sabores no sorprenderán a nadie —respondo frunciendo el ceño—. Pero, si le echamos banana a la mezcla de vainilla y la adornamos con crema de chocolate, el resultado podría ser sorprendente.

—¡Yupi! —gritan mis hermanas.

Están tan entusiasmadas que empiezan a saltar, lo que no hubiese tenido nada de malo si Lucía no se hubiera tropezado con uno de los recipientes con la mezcla de fresa, que se derrama y me salpica los pantalones de lunares rosados y morados. Por suerte, tenemos otro recipiente con mezcla de fresa.

—¡Grrr! —digo—. Sospecho que nuestras

magdalenas de fresa y limón van a saber más a limón
que a fresa.

Mi papá entra a la cocina y ve lo que está pasando.

—Niñas —les dice a Lucía y a Josie—, ¿por qué
no se toman un descanso y vamos al parque mientras
su mamá y Saraí ponen a hornear las magdalenas?

—Sí. —Suelto un suspiro—. ¿Por qué no se van?

Mi mamá y yo rellenamos los moldes y los metemos al horno. Cuando mi papá y mis hermanas regresan, solo queda un recipiente por hornear.

Mi papá entra con Lucía y Josie cuando...

—¡Aaaahhhh! —grita Josie y señala a Lucía.

—¿Qué? —pregunta Lucía.

—¡Tienes un grillo en el pelo! —digo y me acerco a quitárselo.

—¡Aaaahhhh! —grita Lucía, sacudiéndose el pelo.

El grillo vuela... y cae justo en la mezcla de vainilla.

—¡Ay, no! —digo—. Se ha echado a perder.

—Solo revuélvela bien —dice mi papá, en broma—. ¿Esa no es la mezcla de la "magdalena sorpresa"?

—Ni se te ocurra —responde mi mamá.

—Ahora tenemos que *volver* al mercado —les digo a mis hermanas—. ¡Por culpa de ustedes!

—¡No es cierto! —dice Josie con señas.

—¡Estás siendo desagradable! —dice Lucía.

—¡Tú también! —grito.

—Fue sin querer —dice mi papá.

Pero eso no me hace sentir mejor.

Nos sentamos a almorzar y después mi papá me lleva al mercado a comprar más ingredientes. Las magdalenas van a costar más de lo previsto.

Cuando regresamos, comenzamos a decorar. Mis hermanas decoran las magdalenas de galleticas y crema, pero no paran de comerse la crema. Les pido que dejen de comer. Como no les gusta que las regañe, se molestan y se van. Con un poco de ayuda de mis papás, termino de decorarlas. Me parece que ha pasado un siglo, pero... ¡por fin terminamos!

—¡Hora de limpiar! —Mis hermanas no se dan por enteradas—. ¿Qué pasó con el poder de las hermanas súper geniales? ¡Levántense y ayuden!

—¡Tú no eres nadie para decirnos lo que tenemos que hacer! —responde Lucía y, al parecer, Josie está de acuerdo, porque se encierran en su habitación.

Comienzo a limpiar. ¿Por qué siempre tengo que hacerlo *todo* yo sola?

CAPÍTULO 5

VOLAR

Al día siguiente es domingo y todos nos metemos en el rectángulo para ir a misa. Siempre llegamos temprano a la iglesia porque mis papás cantan en el coro. A todos en mi familia les gusta cantar. Tata y Mamá Rosi también cantan en el coro y, cuando nuestras miradas se cruzan, Tata me guiña un ojo. Durante la misa, se supone que me encargue de mis hermanas, que no siempre se portan bien, como hoy. La misa acaba de comenzar cuando Josie y Lucía empiezan a discutir y a empujarse.

—¡En la iglesia no se pelea! —les susurro.

Están haciendo tanto escándalo que no me oyen, o no quieren oírme. Es posible que aún estén molestas por la discusión del día anterior.

Me levanto para sentarme entre ellas pero, no sé si por accidente, una me da un codazo en las costillas.

—¡Ay!

Mi tía Sofía, que está sentada en el banco delante del nuestro, se voltea y me mira.

—¡Shhh! —les dice a mis hermanas.

Trato de no perder la calma. Me siento inquieta

¡Yo, de bebita!

también, pero tengo que darles el ejemplo porque solo tienen cinco y siete años y todos dicen que yo solía ser como ellas. Cuando era una bebita, me gustaba tirar las cosas. Esa era mi diversión favorita. Cuando se trataba de cosas plásticas no había problema, pero cuando eran platos o vasos, era otra historia. Cierro los ojos e intento no escuchar el murmullo y las quejas a mi alrededor. Me distraigo pensando en las cosas que tengo en la cabeza.

¿Qué pasaría si mi familia tiene que mudarse lejos? ¿Tendrán que ir a otra iglesia? Me digo a mí misma que resolveré el problema. Entonces pienso en todas las cosas que tengo que hacer. Como gastamos tanto dinero para hacer las magdalenas, ganamos muy poco, y quiero llenar la lata de café que dice "Familia" hasta el tope.

Tengo que ver si puedo tomar más pedidos de magdalenas. Tengo que...

De repente, cuando voy a añadir otra tarea a mi lista, escucho que el órgano comienza a tocar y el coro a cantar. Por fin, comienzo a sentir paz.

Después de la misa, mis papás nos llevan al parque.

—Está claro que ustedes tienen demasiada energía y necesitan gastarla —dice mi papá.

—Ahora pueden correr y saltar y hacer tanto ruido como quieran —agrega mi mamá.

Josie y Lucía corren a treparse en las barras mientras mi papá va a comprarnos algo para almorzar. Yo voy directo a los columpios. Me balanceo hacia delante y hacia atrás, tomando impulso con las piernas, hasta que casi puedo tocar el cielo. Me siento feliz. Cuando ya no puedo llegar más alto, salto del columpio. Por un segundo, siento como si volara, pero siempre me decepciono un poco cuando mis pies tocan el suelo.

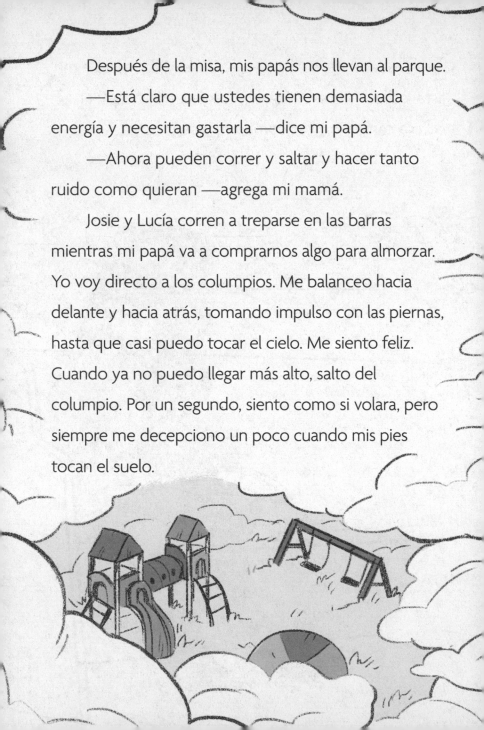

CAPÍTULO 6

GRANDES PLANES

El lunes por la mañana, la luz del sol entra por mi ventana y veo que las coles han brotado. Miro el cartel sobre mi cama que dice "ERES GENIAL" y me siento bien de nuevo. Se me ha ocurrido una nueva idea, para la que no necesito huevos, ni mezcla, ni hermanitas que le temen a los grillos. Para poner en marcha mi nuevo plan para comprar la casa de Tata y Mamá Rosi necesito la ayuda de mi prima Juju, así que la llamo.

—¿Qué tal? —le pregunto.

—No muy bien —responde Juju—. ¡No quiero cambiarme de escuela y Mamá Rosi ha llorado dos veces esta semana! Pero lo peor es que han puesto un cartel frente a la casa que dice "Se vende". Tiene la foto de una señora sonriente y dice: "Para más información, llame a Molly Smith". ¡No entiendo por qué sonríe!

—¿Quién es Molly Smith y por qué está vendiendo la casa? —pregunto.

—Es la agente de bienes raíces —explica Juju.

—Sal ahora mismo y anota su número de teléfono para llamarla si tenemos que negociar.

—¡No puedes hacer eso! —dice Juju—.
Tenemos prohibido hablar con desconocidos.

—¿Cómo va a ser una desconocida si su cara
está en el jardín de la casa? —digo—. Anota el
teléfono y no te preocupes. Necesitamos buscar la
manera de comprar la casa. Hay que hacer algo. Y
digo HACER con letras mayúsculas.

—Tenemos que buscar la forma de ganar algún
dinero —dice Juju—. ¡Y rápido!

Estoy de acuerdo con ella.

—¡Ven a mi casa después de la escuela! —digo.

—¡Eso haré! —responde Juju y cuelga.

Esa tarde, cuando el autobús nos deja a Lucía y a mí en casa, Juju está esperándonos en el portal. La agarro por el brazo.

—¡Reunión de primas! Ahora mismo.

Lucía quiere venir con nosotras, pero Tata la invita a ir a la bodega a comprar paletas. A Lucía le encantan las paletas, así que acepta. Juju y yo nos acostamos en mi cama.

—A ver, tú primero. ¿Qué se te ha ocurrido? —pregunta Juju.

—Este es mi plan —respondo—. ¿Por qué no preparamos una mesita para vender limonada este sábado por la tarde?

—¡Qué buena idea! —dice Juju.

—Solo necesitamos limón, azúcar, agua y vasos de cartón —digo—. Ven lo más temprano posible y trae todas las jarras que encuentres en tu casa. También todo el menudo suelto que veas. ¡Busca hasta en el sofá si es necesario!

—Tenemos que hacer carteles y volantes
—añade Juju—. En inglés y español.

—¡Espera! —digo—. Se me ocurre algo que
rima con limonada: ¡chicha morada!

La chicha morada es una bebida peruana que se
hace con maíz morado. A mí me encanta y apuesto a
que a nuestros vecinos les gustará también.

—¡Eso sería genial! —dice Juju—. ¡Es mi bebida
favorita! ¿Dónde podremos encontrar el maíz
morado?

—Lo venden en la bodega del Sr. Martínez. Mi mamá lo compra para ocasiones especiales.

—Bueno, esta es sin dudas una de ellas —dice Juju.

—Ya tenemos un plan. Ahora dime *tu* idea.

—Está bien, pero prepárate para escuchar algo GENIAL —dice mi prima, muy misteriosa.

—Soy toda oídos —respondo.

—Primero, dime, ¿quiénes son las mejores bailarinas que conoces? —pregunta Juju.

—¡Nosotras! —digo sonriendo.

—Exacto... Pues, mira lo que encontré —dice Juju, y me entrega un volante.

El papel dice "Competencia de Baile Infantil del Estado Jardín: reglas para la audición" y, antes de que pueda leer las letras más pequeñas, Juju me lo arrebata.

—¡Es nuestra gran oportunidad, Saraí! Solo necesitamos enviar por internet un video de nosotras bailando y la autorización de nuestros padres. ¡Los ganadores recibirán $1.000 dólares!

—¡Increíble! —digo—. ¡Hagámoslo!

—¡Sí! —contesta Juju—. Pero no tenemos mucho tiempo. El plazo para enviar el video es este viernes.

—¡El viernes! Solo nos quedan cuatro días.

—Exacto, pero mi mamá dice que me recogerá después de la escuela y me traerá a tu casa todos los días de esta semana —explica Juju.

—Bueno, no hemos practicado desde el verano, y puede ser bastante difícil...

—¿Desde cuándo le tememos a lo difícil? —pregunta Juju, y se pone las manos en la cintura.

—Desde... ¡NUNCA! —digo riendo—. ¿Cómo nos vamos a llamar?

—¿Las Superestrellas Centelleantes?

—¿Las Divas Danzantes? —digo.

—Nosotras somos bailarinas, no divas —dice mi prima.

—Es cierto —contesto—. Humm... Creo que ya lo tengo. ¿Qué te parece Las Primas Traviesas?

—¡Sí! —dice Juju—. Ese es perfecto.

En ese momento, escuchamos a Tata y a Lucía. Mi hermana entra como un relámpago en el cuarto.

—¡Les compramos paletas! —anuncia.

—¡Gracias! Vamos a necesitar mucha energía —digo y agarro una.

Salimos a la sala y contamos nuestros grandes planes.

—Tata, ¿nos puedes ayudar con la grabación del video y la música? —pregunto.

—Por supuesto, mis reinas —responde Tata.

—¡Yo también quiero estar en Las Primas Traviesas! —dice Lucía.

Estoy a punto de decirle de que se olvide, pero Juju me interrumpe.

—Tienes que tener por lo menos ocho años,

Lulu. Lo siento. Pero puedes bailar con nosotras mientras practicamos.

Pienso que Lucía se va a enojar, pero no es así. Quizás Juju usó un tono de voz más amable que yo.

—Primero tenemos que escoger una canción —digo—. ¿Alguna sugerencia?

—¡Beyoncé! —propone Juju.

—Marc Anthony —digo.

—¡Selena! —dice Lucía y comienza a cantar "Bidi bidi bom bom", su canción favorita.

—¡Increíble! —dice Juju—. Esa es la Selena original.

—¡A ella también le gusta Selena Gómez! —digo riendo—. ¿Qué les parece música salsa?

—¡Puedo ayudarlas con eso! —contesta Tata—. Creo que tengo la canción perfecta para ustedes, ¡y digo perfecta porque la canta una reina! Celia Cruz, la reina de la salsa —dice y busca una canción en su celular.

Celia canta "La vida es un carnaval".

—Es perfecta —dice Juju—. Celia dice que la vida es una hermosura a pesar de todo.

—¡Y que es más bello vivir cantando! —añade Tata.

—¡Y bailando! —digo yo—. ¡Empecemos a montar nuestra coreografía!

Nos divertimos mucho practicando pasos de baile. Yo hago el 'sprinkler' y Juju da una vuelta y cae en tijera. Tata nos enseña algunos pasos de salsa y se nos ocurren muchas otras ideas.

El resto de la semana se va volando con tanta

diversión. Practicamos todos los días después de clases y el viernes en la tarde estamos listas para grabar. Tata prepara la cámara y le da una linterna a Lucía para que nos ilumine como si fuera un reflector. No tenemos tiempo para preparar un vestuario elegante, pero nos ponemos camisetas rosadas con brillo y overoles cortos. Son cómodos y holgados para bailar. Nos recogemos el pelo en trenzas, que adornamos con cintas de colores, y con

el pintalabios de mi mamá nos pintamos corazones rosados en las mejillas que combinan con las camisetas. Eso es todo.

—¡Acción! —dice Tata y pone la canción.

Bailamos lo mejor que podemos y, decimos "¡Somos Las Primas Traviesas y la vida es un carnaval!".

Para cerrar, hacemos una reverencia.

—¡Corten! —dice Tata.

Al terminar, Tata y Lucía aplauden. Luego, Tata nos ayuda a subir e inscribir el video en la página web de la Competencia de Baile Infantil del Estado Jardín. Estamos cansadas, pero felices. Y llenas de esperanza.

CAPÍTULO 7

LIMONADA Y CHICHA MORADA

El sábado por la mañana, el timbre suena temprano. Son los jotas. ¡Todos! Mi tía Sofía los ha traído y apenas cabemos en nuestra casa.

—Hola, Saraí —dice mi tía, dándome un fuerte abrazo—. Les hemos dicho a nuestros amigos que pasen por aquí esta tarde. ¡Qué gran idea!

—¡Cuando la vida te da limones, la familia González hace limonada! —bromea mi papá y todos se ríen.

Los gemelos salen a jugar y Juju y yo nos ponemos a trabajar. Hemos reunido casi quince

dólares, pero seguimos buscando menudo suelto hasta que reunimos un poco más de diecisiete. Les pedimos permiso a nuestros padres para ir al mercado de la esquina.

—El hielo es pesado —dice mi papá—. Mejor voy con ustedes para ayudarlas a traerlo.

—Llevamos la carretilla —respondo—. Nosotras podemos.

Cuando salimos por la puerta, Josie casi nos atropella con su carro de juguete. Javier y Jade la persiguen gritando: "¡Te vamos a atrapar!".

Los gemelos tienen seis años, uno menos que Josie y uno más que Lucía.

—No somos una familia tranquila —dice Juju.

—Cualquier cosa menos eso —asiento sonriendo.

Caminamos con la carretilla a rastras las tres cuadras que nos separan de la bodega. Hace un día hermoso y parece que todos en el barrio están afuera.

Los niños corren entre los rociadores de agua. Los adultos trabajan en los jardines o lavan los carros. Los invito a pasar por nuestro puesto de limonada más tarde y les explico que estamos reuniendo para comprar la casa de mis abuelos.

Se entusiasman cuando les digo que venderemos chicha morada hecha por nosotras mismas.

—El día es perfecto para una bebida refrescante.

—Definitivamente —dice mi prima, y entramos a la bodega.

La bodega se llama Martínez e Hijos, pero solo

veo al Sr. Martínez detrás del mostrador. Alguien me dijo que sus hijos ya eran grandes y vivían en otra parte.

—¡Buenos días, Sr. Martínez! ¿Cómo está?

—¡Muy bien, Saraí! —me responde.

Juju agarra una bolsa grande de hielo de la nevera que está al fondo de la tienda y el Sr. Martínez la ayuda a traerla hasta la carretilla. Agarro una bolsa de limones, azúcar, maíz morado seco, una piña y vasos de cartón. ¡El total es $18,01 y solo tenemos $17,45!

—Hagamos un trato —le propongo al Sr. Martínez—. Si nos ayuda, le traeremos de regalo un vaso de limonada o de chicha morada. Vamos a vender el vaso a un dólar, así que saldrá ganando.

—Hummmmm —murmura el Sr. Martínez.

—Y le voy a traer una magdalena la próxima vez que haga... —añado.

—¡Negocio cerrado! —responde el Sr. Martínez. Entonces, pagamos y nos vamos.

Con la ayuda de mi mamá, ponemos el maíz en una cazuela grande llena de agua, le añadimos clavos de olor, azúcar, jugo de limón y algunas ramitas de canela. Lo ponemos todo a hervir. Mi mamá pela la piña y Juju y yo exprimimos limones hasta que nos duelen los dedos. Mezclamos el zumo con agua y azúcar, buscando el punto de sabor perfecto.

—Más azúcar —le digo a Juju cuando pruebo.

—¿Más? —pregunta Juju.

—¡Sí! Para endulzar el día de los que compren nuestra limonada —digo.

Muy pronto, tenemos cinco jarras de limonada.

La chicha morada también está casi lista y se siente un olor delicioso por la casa. ¡Ahora tenemos que preparar los carteles! Hacemos uno que dice:

¡Limonada deliciosa! / Delicious Lemonade!

¡Un vaso (grande) por $1! / $1 for a (big) glass!

Y chicha morada / And Peruvian Purple-corn-ade

Después, usamos la máquina de escribir de Tata para hacer volantes que pegaremos en las esquinas.

¡Limonada (Lemonade) / Chicha morada!

EN LA CASA DE LOS GONZÁLEZ

AT THE GONZALEZ HOUSE

¡Ven ya! Come now!

Mi mamá nos ayuda a colar la chicha morada y pronto tenemos varias jarras de jugo morado brillante.

Juju y yo montamos la mesa con nuestras bebidas afuera, en la entrada de la casa. Mi papá nos lleva en el carro por el vecindario para que pongamos los volantes. Les pedimos a Lucía, Josie y los gemelos que nos ayuden a promover el negocio, y los cuatro corren calle arriba y calle abajo pregonando: "¡Limonada! *Lemonade!* ¡Chicha morada! ¡En la casa de los González! ¡A solo un dólar el vaso!".

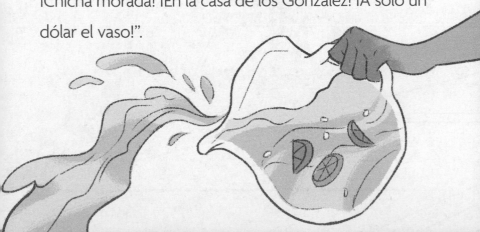

—¡Vengan antes de que se acabe!

—¡Vengan a nuestra casa y traigan dinero!

—¡Mucho dinero!

No estoy segura de qué grita cada cual, pero puedo escuchar sus voces a lo lejos. Somos la familia González, somos escandalosos... ¡Y nuestro negocio ya está abierto!

CAPÍTULO 8

¡FIESTA!

Muy pronto, parece que todo el vecindario está en nuestro jardín. ¡Me alegro cuando mis abuelos paternos se aparecen de sorpresa! Viven un poco más lejos que Tata, Mamá Rosi y los jotas, por lo que no los veo a menudo.

—¡Hola, Papi! —le grito al abuelo—. ¡Hola, Mamá Chila! —le grito a la abuela.

Dejo el puesto y corro a darles un abrazo enorme.

—¿Cómo se enteraron? —les pregunto.

—Nos lo dijo un pajarito —responde Mamá Chila.

El pajarito debe haber estado muy ocupado
porque, muy pronto, comienza a llegar gente de la iglesia.

Tata y Mamá Rosi llegan también y, por supuesto,
Tata estaciona el carro frente a nuestra casa, deja el
motor encendido y pone en el radio música vieja. Los
cuatro abuelos se sientan en sillas que mi papá
acomoda en el césped. Mis abuelos siempre tienen
muchas cosas de qué hablar. Luego, el papá de Juju,
mi tío Miguel, llega con pan dulce de la panadería
mexicana y decidimos venderlo también.

La Sra. Sánchez trae a sus nietos, que están de

visita, y también pasa por nuestra casa toda la familia Washington. Hasta el Sr. Martínez deja por unos minutos la bodega para visitarnos. Queremos regalarle un vaso de limonada, pero él insiste en pagarlo, así que se lo llenamos tanto que se desborda y le salpica los zapatos. La próxima vez que haga magdalenas, le regalaré dos.

Unas cuantas personas empiezan a bailar y otras, a hablar de política y de fútbol. Los niños gritan y juegan, y alguno se cae y se raspa las rodillas y la mamá de otro lo consuela. Es una verdadera fiesta.

—¡Fiesta! —grita Juju.

—¡Sí, fiesta! ¡Pero casi no tenemos limonada!

—Eso es porque dijiste que los niños menores de seis años podían tomar limonada gratis —me reprocha Juju.

—No tenía idea de cuánta podían tomar Javier, Jade y Lucía —respondo, riendo.

Le pedimos a Josie que nos ayude a vender mientras corremos a la casa a exprimir más limones hasta que terminamos sudorosas y con las manos adoloridas. Mi mamá y mi tía Sofía vienen a ayudarnos y pronto estamos vendiendo limonada de nuevo.

Por fin, cerramos cuando no nos quedan ni azúcar, ni limones, ni energía. Además, ya está oscureciendo.

Nuestros amigos y vecinos se marchan, pero la familia se queda. Mi papá y mi tío Miguel van a un restaurante a comprar chicharrones y pan dulce portugués. ¡Estamos muertos del hambre! Pero, primero, Juju y yo llevamos el dinero a mi habitación y lo contamos. ¡Ganamos más de cien dólares!

—¡Arrasamos! —dice Juju.

—¿Anotaste el teléfono de la agente de bienes raíces? —pregunto.

—Aquí está —dice mi prima y saca un pedazo de papel del bolsillo.

He tomado prestado el celular de mi papá. Juju me dicta el número y llamo.

—Smith Realty, habla Molly. ¿Cómo puedo ayudarlo? —contesta una señora.

—Hola, Molly, le habla Saraí González. Llamo de parte de mi Tata y Mamá Rosi, las personas que viven en la casa de la calle Greene —digo y trato de sonar mayor de lo que soy.

—Hola, Saraí, ¿en qué puedo ayudarte? —pregunta la señora, un poco confundida.

—Quiero ayudar a mis abuelos a comprar la casa
—digo—. Me gustaría saber cuánto dinero se necesita.

Hay un largo silencio del otro lado de la línea.

—¿Me estás preguntando por el precio de venta?

—¡Sí! ¿Y cuándo necesita el dinero? —pregunto.

—Bueno, como tu Tata y Mamá Rosi saben, ya
hemos recibido una oferta por la casa.

—¿De cuánto?

"¿Por qué no me acaba de decir el precio?", pienso.

—Bueno... —titubea la señora y suelta la cifra.

¡No en balde no quería decirme! Es una cantidad
astronómica. Mucho más de lo que podríamos ganar
incluso si tuviéramos tiempo para poner veinte
puestos de limonada, lo cual es imposible.

—Oh. —No sé qué más decir—. Gracias. Adiós.

Me he quedado paralizada.

—¿Malas noticias? —pregunta Juju.

—Sí. Ni siquiera ganando el primer lugar en la
Competencia de Baile Infantil del Estado Jardín reuniríamos

suficiente dinero —digo con un nudo en la garganta—. No quiero que ustedes tengan que mudarse —añado.

—Yo tampoco —dice mi prima, y nos abrazamos—. Vamos a comer antes de que se acabe.

—Ve adelante —le digo, y me siento en la cama. Miro el cartel que dice "ERES GENIAL" y me pregunto lo que yo, Saraí, debería hacer ahora. Pero no se me ocurre ni siquiera una sola respuesta genial.

Cuando me uno al grupo, ya están todos adentro y casi no queda comida.

—¡Saraí! —me llama Tata—. ¡Ven! ¡Te guardé un plato! Barriga llena, corazón contento.

Mi tía Sofía me toma de la mano.

—¡Vamos a bailar esta canción, Saraí!

Es "Fiesta", de un grupo llamado Bomba Estéreo. Mis padres han empujado el sofá contra la pared para hacer una pista de baile en la que quepa toda la familia. "¡Fiesta! ¡Fiesta! Y ven a bailar y ven a gozar", canta una voz.

Eso es exactamente lo que decido hacer. Me levanto y me uno al baile. Tata y Mamá Rosi bailan junto a Papi y Mamá Chila, los jotas, mis padres, mis hermanas y yo. Juju y yo mostramos algunas de las nuevas coreografías de Las Primas Traviesas y todo el mundo nos aplaude. Al poco tiempo, estoy sonriendo y suelto una carcajada y por fin dejo de preocuparme y me divierto.

CAPÍTULO 9

EL CLUB DE LAS HERMANAS SÚPER GENIALES

El domingo por la mañana, mi mamá y mi papá me sorprenden.

—Saraí —dice mi mamá—. Esta mañana recibí una llamada de Molly Smith, la agente de bienes raíces que está vendiendo la casa de Tata y Mamá Rosi.

¡Uy! Espero no haberme metido en problemas.

—Solo quería darles una sorpresa —digo.

—Te comprendemos —contesta mi mamá—. Pero, la próxima vez, habla con nosotros primero.

—Está bien. Se lo prometo. ¡Pero no podemos
dejar que alguien compre la casa! Está llena de
recuerdos felices. ¿Dónde van a vivir Mamá Rosi, Tata,
mis tíos y los jotas?

—Esos recuerdos estarán siempre con nosotros,
Saraí, con casa o sin ella —explica mi papá.

—Molly nos dijo que estaba asombrada de que
una niña pequeña estuviera tan comprometida con
ayudar a sus abuelos —dice mi mamá—. Pero se
preocupó porque sonabas decepcionada cuando
supiste el precio de la casa.

—Sí —les digo a mis papás—. Pero ya no lo estoy, porque Juju y yo vamos a ser bailarinas famosas y ganaremos dinero suficiente para comprar la casa. No voy a darme por vencida, aunque tengamos que comprarle la casa a los nuevos dueños.

Mis papás se miran entre ellos y luego me miran a mí.

—Saraí —dice mi mamá—. Nosotros no nos estamos rindiendo. Debes aprender que a veces uno no consigue todo lo que quiere. Y hay que adaptarse.

—¿Qué significa adaptarse? —pregunto, frustrada.

—Quiere decir que tenemos que hacer nuevos planes cuando los que tenemos no funcionan. Tata y Mamá Rosi se adaptarán a una nueva casa —explica mi papá—. Recuerda que cada problema tiene varias soluciones y hay que ver el lado positivo de las cosas. Quizás Tata y Mamá Rosi encuentren una casa mejor. Ahora vístete para irnos a la iglesia.

Vamos juntos a la iglesia e, increíblemente, Josie y Lucía no se portan mal durante la misa. Creo que, como bailaron tanto ayer, están tan cansadas que no pueden ni moverse. Como está lloviendo, no vamos al parque después de la iglesia y en cuanto llegamos a casa me siento inspirada.

Se me acaba de ocurrir una idea súper genial. Llevo todas las almohadas de la casa para una esquina de la sala, y también una mesita. Luego recojo todos

los libros infantiles, historietas, revistas y folletines que encuentro y los organizo a lo largo de la pared y sobre la mesa. Con mis lápices de colores hago un cartel que dice:

Estoy lista para iniciar nuestra primera reunión. Voy a la habitación de mis hermanas.

—¡Josie! ¡Lucía! Vengan a la sala. Les tengo una sorpresa —les digo.

—¿Tenemos que limpiar algo? —pregunta Josie.

—¿Hay que escribir a máquina? —dice Lucía.

—Nada de eso —digo, y suelto un suspiro—. Ya sé que he estado muy mandona últimamente.

—Así es —asiente Lucía.

—Bueno, quiero disculparme y recompensarlas —explico—. Así que vengan a la sala.

No pueden evitar la curiosidad y, al poco rato, están sentadas sobre las almohadas, en la Esquina de Lectura, mirándome.

—¡Bienvenidas al Club de las Hermanas Súper Geniales! —les digo—. ¡Durante el curso escolar nos reuniremos los domingos y, en el verano, más a menudo! Lo primero que quiero que sepan es que soy la presidenta.

—Y nosotras, ¿qué somos? —pregunta Lucía.

Estoy a punto de decirles que pueden ser vicepresidentas, pero de repente me acuerdo de por qué están molestas conmigo.

—¡Ustedes son presidentas también! —les digo—. ¡Todas somos copresidentas!

—¿Qué vamos a hacer? —pregunta Josie.

—¡Vamos a divertirnos juntas! —respondo—.

La actividad de esta semana va a ser una sesión de lectura para relajarnos. La próxima vez, Josie escogerá qué vamos a hacer y, la siguiente, Lucía.

—¡Una fiesta bailable! —dice Josie, con señas.

—¡Irnos a Hawái! —dice Lucía.

—¡Eso suena espectacular! —digo riendo.

Escojo un libro y comienzo a leer. Mis hermanas hacen lo mismo. Mi mamá nos trae leche tibia con miel, mi papá comienza a cocinar y yo me sumerjo en la lectura.

CAPÍTULO 10

EL SIGNIFICADO DE LO GENIAL

Unas semanas más tarde, cuando Lucía y yo regresamos de la escuela, nos están esperando nuestros papás y Josie, en lugar de Tata.

—¿Qué pasa? —pregunto.

—¡Es un día especial! —responde mi papá—. Recogí a Josie temprano en la escuela.

—Y yo pedí la tarde libre en el trabajo —dice mi mamá.

—¿Por qué? —pregunta Lucía.

Justo es ese instante, llaman a la puerta.

GENIAL

—¿Quién será? —dice mi papá, y abre la puerta.

¡Son Tata, Mamá Rosi y los jotas!

—¡No sabía que vendrían hoy! —le digo a Mamá Rosi.

—¡Hemos venido a compartir la buena noticia! —anuncia Tata.

—¿Buena noticia? —pregunto curiosa—. ¿De qué se trata?

—¡Encontramos una casa! ¡En ella cabremos todos! —explica Tata.

—¡La compraremos entre todos, para que sea realmente nuestra! —añade Mamá Rosi.

—¿Eso quiere decir que nadie los va a poder echar? —pregunto.

—¡Exactamente! —responde Tata.

—Genial, ¿cuándo podremos verla? —pregunto.

—¡Ahora mismo! —dice Juju, y me abraza.

—¿Mamita, los doce? —pregunta Josie con señas. Mi hermanita quiere que vayamos los doce.

—¡Sí! —dice mi mamá—. ¡Los doce!

Corro hacia el rectángulo y cuando estoy a punto de entrar, Tata me detiene.

—Saraí, vamos caminando —dice.

—¡Caminando! —repite mi papá.

—¡Ustedes tienen que estar bromeando! —grita Lucía.

Yo empiezo a saltar de alegría.

—¿Van a vivir tan cerca que podemos ir a visitarlos caminando? —pregunto—. ¡No puedo creerlo!

—Pues créelo —dice Tata.

Juju me toma de la mano.

—Vamos a preparar una gran cena esta noche para celebrar —dice Mamá Rosi.

Caminamos calle abajo hacia la nueva casa.

—¡Ahí viene la familia González! —dice el Sr. Martínez cuando pasamos por delante de su bodega.

Por supuesto, paramos a compartir la buena noticia.

—¡Felicidades! —dice.

Luego, seguimos nuestro camino.

¡La casa está a solo quince minutos! Es de color rojo. El mismo color de mis magdalenas de sandía, y ya sé de qué sabor haré las magdalenas para la fiesta de bienvenida a la nueva casa.

Tata saca la llave y abre la puerta. Todos queremos entrar al mismo tiempo. Es grande y soleada.

—¿Te gusta? —me pregunta Juju, y me muestra su cuarto.

—¡Me encanta! —respondo—. ¡Ahora podemos caminar de una casa a otra para visitarnos!

Nos damos un fuerte abrazo.

—¡Y mi mamá dice que iremos a la misma escuela! —añade Juju—. ¡Deja que veas el patio!

—¡Doble, triple, cuádruple hurra! —digo de todo corazón.

"El Club de las Hermanas Súper Geniales va a tener que incluir a los primos", pienso.

—¿Estás contenta, Saraí? —me pregunta Juju.

—¡Sí! —digo—. ¡Más feliz que nunca!

—Qué bueno, porque te tengo que enseñar algo —dice, y me entrega una carta.

Estimadas Primas Traviesas:

Gracias por enviar un video a la Competencia de Baile Infantil del Estado Jardín del otoño. Disfrutamos mucho su coreografía, pero desafortunadamente no han resultado finalistas. Sigan intentándolo y recuerden que ¡son estrellas nacientes!

—¿Sabes lo que eso significa? —le pregunto a Juju después de leerla.

—¿Que no somos tan buenas como pensamos? —intenta adivinar Juju.

GARDEN STATE   KIDS DANCE-OFF

Estimadas Primas Traviesas:

Gracias por enviar un video a la Competencia de BaileInfantil del Estado Jardín del otoño. Disfrutamos mucho su coreografía, pero desafortunadamente no han resultado finalistas. Sigan intentándolo y recuerden que ¡son estrellas nacientes!

—¡No! —respondo—. ¡Que tenemos que esforzarnos más! Las Primas Traviesas van a ser famosas, solo que no será esta semana. ¿De acuerdo? —le digo, y levanto la mano para chocar los cinco.

—¡De acuerdo! —responde Juju.

Después, nos unimos al resto de la familia para celebrar.

Cuando regreso de la nueva casa de Tata, Mamá Rosi y los jotas, estoy cansada pero feliz. Casi es hora de dormir, pero hay algo que quiero hacer antes de irme a la cama. Me quedo mirando el cartel que dice "ERES GENIAL", y siento que debo cambiarlo. Lo quito, busco cartulinas de colores y hago uno nuevo que dice "SOMOS GENIALES".

Lo cambié porque yo soy parte de la familia González y "somos" incluye a toda mi familia y es más divertido. No siempre tengo que estar a cargo de todo, aunque me guste. Incluso cuando uno lo controla todo, los sueños no siempre se hacen realidad. Pero, a veces, cuando la familia se une, ¡se

hacen milagros! Y he decidido que ese es el

verdadero significado de lo genial.

BUSCA OTRAS

AVENTURAS GENIALES
DE SARAÍ